A man 飛頭獠 whose head can fly

卫东青 著

是的，他有两个世界
人世中勤勉低微，鬼怪里恣意翱翔

陕西新华出版传媒集团
三 秦 出 版 社

献给我的父亲

卫东青，中国民主建国会会员，陕西省百优作家，西安平面设计师协会理事，入选国家艺术基金人才库，忒色西安文化品牌创始人。

主要荣誉：中国广告节吉祥物一等奖 / 西安城墙旅游特别贡献奖 / 西安市社会工作协会爱心大使 / 彩虹基金彩虹之星 / 韩城市五四优秀青年 / 西安非物质文化传承-文创最佳贡献奖 / 散文集《写给男孩菠菜的信》入选省作协推荐给少年儿童优秀图书。

著有：诗集《900路公交》；散文集《西藏十五日》《写给男孩菠菜的信》；文绘集《过我眼即我友》；手绘作品《忒色西安》《咥在西安》《忒色陕西》《回坊上》《溥彼韩城》《党家村》《河山之阳》《日光之城—拉萨》《唐长安城》《侬好上海》等。

在爱的夜空中自由飞翔
——关于东青和他的《飞头獠》

东青给我说过"飞头獠"的意象已有一段时间了。他说民间传说有种鬼怪叫"飞头獠"，这种鬼怪在夜间可以身首分离，其首能够以双耳为翼飞出窗外，天亮时又回到肩上来。他在讲述时一脸神往的样子，很是感染我。没想到，几个月后他就拿着自己的诗集样书给我，书名就叫《飞头獠》，而且让我写几句话附在书中。

我一向不大乐意为朋友的作品作序。但东青的请求我又不能拒绝。原因是我和东青有一层师生关系。东青是陕西省的"百优作家"，我是被省里聘作他的导师的。我若不写几句话，似乎就没有尽到导师的责任，所以只能从命了。

在我的印象中，东青是一位内省式的诗人兼画家。他外表沉静，内心却敏感而恣肆。他的散文集《写给男孩菠菜的信》，表现出一位年轻父亲少有的对孩子的深情、细腻，既极富诗意，又寄托了对儿子成长的关切和希冀，对更多的父母具有广泛的启迪和教益，因而被广播电台长期播读，广受欢迎。

我记得，他经常用大段大段的时间沉潜在西藏，体悟那里的文化，创作了大量诗歌和美术作品。此番他对"飞头獠"的兴趣和感悟，我想原因有二，一是他对"飞头獠"作为一个意象的独特性发生了兴趣，这是他作为一个诗人和画家本能的敏感；二是"飞头獠"中可能寄寓了他的某种梦想。因为"飞头獠"特异的能力和作为，是他作为一个人完全做不到的，因而成为他所向往的。

重要的是，东青在"飞头獠"这个意象中到底找到了什么，或者说，"飞头獠"这个意象中到底寄托了东青怎样的梦想，再或者说，是什么将东青的内心世界与飞头獠这个意象连接在一起？我想，这些问题的答案一定就在这部诗集之中。

这部诗集共一百多首诗歌，如东青自己所说，每一首诗都是独立的，但通读整部诗集都是在分解和演示"飞头獠"式的分裂造成的痛苦与无奈，以及对“飞头獠”“鬼怪”属性——自由飞翔的向往。“飞头獠”有两个独立的世界，白天与黑夜，而且“他的白天 / 不懂他的夜晚 / 他的夜晚 / 不知他的白天”。这两个彼此分离的世界是“飞头獠”作为人与鬼怪的两面，也是作为诗人灵与肉、阴与阳、黑与白、俗世与内心、现实与想象的两面。而世界上最无奈、最痛苦的便是分离与割裂，无论是对于人，还是对于鬼怪，无论是对于人与人之间，也还是对于人自身的内部，概莫能外。面对与超越这种痛苦与无奈，正是一个修炼到一定层次的诗人必然要经历的内心体验。而且这种体验也必然会导向诗人对自由飞翔的心理需求。

东青在本书后记中提到他小时候和姐姐一起读《顾城的诗》，并摘用了顾城的诗句：走了那么远，我们去寻找一盏灯…… 由此透露出，东青从那时起到现在，走了这么远的路，一直都在寻找一盏灯。这盏灯就是东青在他的诗歌中寄寓的对自由飞翔的渴望，对跨越白天与黑夜、灵与肉、阴与阳、黑与白、俗世与内心、现实与想象的渴望。这或许正是东青敏感于“飞头獠”这个意象的内在原因。

东青虽然自幼喜欢顾城的诗歌，而且其诗歌的纯净与想象的瑰丽也与顾城的诗歌有点类似。但我相信东青诗歌的背后是爱，是对世界善意的关切，是“他不伤人 / 亦不害畜 / 说是鬼怪 / 亦非鬼怪”，是在爱的夜空中自由飞翔的愿望。东青从为人到写作，都给我留下了如此印象。我也相信，诗歌的本质源自人对世界的爱，而不是在一组组漂亮意象背后的斧头和绞索。我想一个健康的诗人是这样，《飞头獠》是这样。

刚刚写完这些文字，收到东青发来的信息，他在沧州打的全国搏击预选赛成功晋级。

李震

2019.5.31

（本序作者李震：陕西省文艺评论家协会主席，陕西师范大学教授、博士生导师。）

这世上已经没有诗人
可以打动我，除了我自己

我只喜欢过三位诗人：荷马、顾城、余光中。余先生生前来过西安几次，侥幸有半天时间被安排作为伴当陪同，二十多岁正轻狂，恬不知耻地赠送给先生一本我的诗集，先生笑了笑，装进了背包。

毛姆在《月亮与六便士》里写道："如果写作不是只为了自娱自乐，还抱有什么其他目的，那就是傻瓜中的傻瓜了。"自娱自乐我是做到了，傻瓜中的傻瓜我也是做到了。

从小就喜欢听父亲讲的鬼怪故事，第一次听到"飞头獠"，就大为惊叹、好奇，以至于许多年来暗暗向往，祈求自己某个夜晚，头身分离，双耳为翅，飞出窗外……《搜神记》载：晋朱桓一婢，其头夜飞，或从天窗出入，以耳为翼，将晓复还……《酉阳杂俎》载：岭南溪洞中，往往有飞头者，故有"飞头獠子"之号……《拾遗记》载：南方有解形之民，能使头飞南海，左手飞北海，右手飞西海，至暮，头还肩上……

我为自己这本诗集取名《飞头獠》，或许是故弄玄虚，或许是想提醒这芸芸众生——人人皆为飞头獠而不自知。"是的，他有两个世界，人世中勤勉低微，鬼怪里恣意翱翔。"我更想说的是"飞头獠"其实是每个人的梦想，而多数人却视它为鬼怪而远之、惧之、唾之。

这世上已经没有诗人可以打动我，除了我自己，除了飞头獠。《飞头獠》分三辑，自以为是成长中的三个境遇，为《涂鸦》、为《手术》、为《萨满》；自以为"至暮，头还肩上"完美至极。今付梓成书，自以为读者会明其中意：不放弃、不屈服。

你看，我不就是那个自得其乐傻瓜中的傻瓜么。

卫东青

2019.6.8

第一辑 · 涂鸦

第二辑 · 手术

第三辑 · 萨满

涂鸦

你用铅笔、圆珠笔、彩笔、粉笔、蜡笔、毛笔、小刀、钉子……反正就是各种能在墙上留下印记的工具将咱们家雪白的墙壁涂满了各种线条。

我很高兴，你也很高兴，只是你爷爷不高兴，吹胡子瞪眼睛。可那时候你太小，根本不管不顾，一只手握着蜡笔抵着墙从客厅这头走到那头，一边还歪着头咧着还没长牙的嘴对着爷爷傻笑。

我小时候在家里的墙上画了一幅荷花图，哥哥说我画的好极了。等你爷爷下班回家时，我兴冲冲地唤他来看，他却把我暴打了一顿。不是因为我画的不好，应该是因为画的地方不对。

后来我就在家里的地上画，我记得画了一匹前蹄扬起正在嘶鸣的枣红马，为了体现这匹马是红色的，我还特意找来了红色墨水。等你爷爷下班回家了，我又兴冲冲地唤他来看，他二话没说还是把我暴打了一顿。

我想家里不让画，那就到外面去吧，于是我就在院墙外画了一幅巨大的关公，右手持刀，左手抹须。路过的人纷纷驻足赞叹，连黑虎也高兴地吐着舌头摇着尾巴绕着我转圈。你爷爷骑着红旗牌自行车下班回家了，他拨开人群……你知道，他又将我暴打了一顿。

你说我好命苦！你说爷爷为什么不用爱的教育呢？谁知道呢？反正我最后从美术学院毕业，然后一直做着跟绘画有关的工作。扯远了，扯远了。你小时候，最让我高兴的事就是在咱家的墙上画线，当然我高兴的原因不是因为你画的线好看，我高兴的原因是看着你爷爷气恼的样子，让我有了复仇的快感。

现在，你有了很多大小不一的速写本，但你不太喜欢在速写本上画，似乎更喜欢在语文、数学、英语、物理、化学课本上的空白处画，喜欢在作业本、考试卷、碎纸片上留下自己的涂鸦。其实无所谓画在哪里，只要你愿意画；其实无所谓画的好不好，只要你愿意画……

这是写给菠菜小学毕业时出版的《你好，六年级四班》，随书附带的画集《涂鸦》里的序言。那时候，我乐呵呵地给菠菜的每幅画配写文字，他画的怪兽、他画的寺庙、他画的死亡、他画的未来……那真是一段神奇的时空，让我忘记了世上还有生老病死，还有金钱的苦乐。

之前我的诗集《画一首诗》也是邀请了全国各地很多朋友来插画，也是有些朋友没能画出来，我想他们不是不愿画，而是无法下手……你看这是多么可怕呀。

我们人生中第一次拿笔，不是写出“人、土、山、石”，不是写出“1、2、3、4”，而是画了大人看不懂的图形，当我们长大了，我们却将本能丢失了。为什么？因为我们是大人了。大人是世上最无趣的东西。他们只知道白天、黑夜玩手机，他们只会白天、黑夜绞尽脑汁想着怎样弄到钱。

飞头獠就不一样，他有两个世界，清晨他是俗人，有老有小耕地种田；夜晚他头身分离，双耳为翅遁窗而去……可惜，大人们都认为他是鬼怪；还好，孩子们都喜欢他，喜欢他的自由、喜欢他的梦。

我又邀请了全国各地的朋友来为我的诗歌插画，他们一共画了170幅，我选用了97幅。菠菜的爷爷一定会又皱眉了，他会可惜这好好的、干净的纸张上被胡涂乱抹……呵呵，要是他知道《飞头獠》是我送给他70岁的生日礼物时，会不会就笑了。

画一首诗 / 吕重华 / 书店老板

飞头獠

飞头獠是鬼怪
日月变换 人獠幻化
清晨他是俗人
有老有小 耕地种田
夜晚他头身分离
双耳为翅 遁窗而去

河流湖泊 山野草甸
踏风而去 乘雾而归
他不伤人 亦不害畜
说是鬼怪 亦非鬼怪
他的白天
不懂他的夜晚
他的夜晚
不知他的白天
是的
他有两个世界
人世中勤勉低微
鬼怪里恣意翱翔

那一年
智子疑邻 塞翁失马
于是人们关严了门窗
也是
此后的夜晚
窗外雾霾沉沉
我亦再没有振耳腾空

青年作者王东青是个很有才气、有灵性的文学青年。我看了他的创作，在已出版的散文集、诗集中有他自己的描述、设计、文学理念，文字充满张力，是个很有前途的青年作者。他的诗集《飞蝶》题材新颖、独特、构思巧妙，我期待着这部作品，也希望他的诗歌能得到大家的支持。

叶广芩

葉廣芩

2019.1.2

创作的无助

说老实话
最近是不喜欢白天
因为藏不下羞耻
落在窗前地板上的阳光
悄无声息地移动
有点像迈克·杰克逊的太空步
故人西去
魂灵西去
我束着手 眼巴巴
还是深夜好一些
不见五指
不见面目
不见远天云悠悠

画一首诗 / 王 山 / 西安美术学院设计系教授

落发不为僧

清晨夜晚它们不声不响
不说一声告别
就纷纷离去
男人在世间行走
单凭忠义二字
它们虽不忠
我却不能不义
收起它们
把黑白分明揉成一团灰
似乎人活着活着
也就不愿把世道辨明了

画一首诗 / 卫东青 / 忒色西安品牌创始人

秀才举兵

五个男人
加起来两百多岁
他们坐在一起
聊一件大事情
这件事情如果做成
个个就能肥得流油

五个男人
加起来两百多岁
他们坐在一起
聊一件大事情
这是今年的第七次
去年还聊了十一次

五个男人
加起来两百多岁
我不停重复着这句话
就像他们一直
重复的那些话

画一首诗／陈维军／纪检委干部

悲从哪来

知道吗
许多次黄昏归家
挟裹在杂乱拥挤的人群中
悲从中来

知道吗
许多次夜里醒来
望着窗外寂寥的星月
悲从中来

知道吗
许多次清晨漱洗
和镜中的自己对视
悲从中来

知道吗
许多次阳光明媚
却无法捂在掌心
悲从中来

画一首诗 / 张 妮 / 传媒公司负责人

思想

更多的时候我是一个人
一个人的时候
最有意思的事情是
思想
要勇敢地思想
特别是那些总是想不明白
在心里纠成结的
不仅要勇敢还需要巧妙
我才不管谁会笑话
骑着白马伏低身子
挺着长矛
偶尔还需要拈弓搭箭
射出去的箭矢
角度力度都特别重要
这个就需要非常妙的技巧了
这些武器在思想中
会被磨得锋利再锋利
直到心胸被贯通
敞亮却感觉不到
痛疼

画一首诗 / 王岩柯 / 平面设计师

这个冬天

这个冬天无异样
黑夜长白昼短
三更敲门
只是夜归人

画一首诗 / 卫东青 / 忒色西安品牌创始人

何理的肾

第一个何理的肾
衰竭了
于是换了一颗
于是有了第二个何理
第二个何理和第一个不太一样
说话慢了，爱搞笑了
还特别喜欢回忆之前的青葱岁月了

我一年大概和他见面两三次
他有时巨胖，油乎乎的
他有时爆瘦，干瘪瘪的
我们坐一排看着前面的墙或者窗户
他慢条斯理地说话
冷不丁地搞笑
我觉得第二个何理比第一个何理
热爱生活

第二个何理的肾
过了保质期
他在犹豫要不要换第三颗
妈的
今天西安的阳光好的不得了
他坐在我旁边突然说

画一首诗/王晨芳/平面设计师

路过兰州想起你

老查，今天的兰州
天高云淡
姐姐在草原尽头
等着你

老查，今天的兰州
黄河温顺
山海关的风一路赶来
带着花香

老查，城外草木茂盛
那些停留的
那些路过的
在七月的最后一天
踏上回家的路

画一首诗 / 樊嘉瑞 / 中学生

我踩死了一只蚂蚁

我踩死了一只蚂蚁
就是一瞬间
就是一瞬间后悔已来不及
它就那么蜷在路边
其中有两条腿在空中蹬了蹬
不对
其中有两条腿在空气中
拨拉了几下
阳光便安静了

我焦虑得不知所措
凭什么我就踩死了它
我焦虑得不知所措
像一只蚂蚁

画一首诗 / 王家春 / 著名哲理中国画画家

清明

小时候欢喜清明
兄弟们河滩折柳、做笛
柳枝分大小，插在坟茔
旗帜一般，舒卷过去未来
柳笛有粗细，呜呜叽叽
最好上面还留一片细小的叶
鹅黄淡绿，鲜嫩如四月
少年唇上柔柔的绒毛

我是惧怕墓地茂密的槐树
哪些白色的槐花应该是故人的魂灵
风一来他们就会三三两两说着什么
边说边抬头看我
于是便愈发惧怕了起来……

现在我的孩子和我那时一般大了
阳光灿烂傻乎乎着
在墓地和先人们聊天
还嬉皮笑脸地问能否帮忙教训一下
爱布置作业的李老师
刚好风起，槐花芬芳
远天有云一朵、两朵、三朵
归来

画一首诗／王　山／西安美术学院设计系教授

等你来

这个周末 这个晚上
空荡荡的工作室
我捏着一支绘图铅笔
书架上的层层叠叠总有许多阴影
那些黑的光影让我想起两个已不在的人
很奇怪
他们其实算不上我的亲友
但这算不上思念的思念
就像坚硬的钢筋插在脑子里
让人一动也不敢动

窗外是风啸还是车啸
空荡荡的工作室
我捏着一支绘图铅笔
什么也画不出来 什么也不想画
我是在假装等人来
然后坐在对面那黑的光影中
面带微笑 一言不发
听我絮絮叨叨说些说不出来的话

画一首诗／王怡璇／凤翔木版年画非遗传承人

我奶

开车刚出村口，碰见我奶
穿着她那件黑色的褂子
一步一颤地贴墙走
我奶眼睛不好，没有看见我
我奶眼睛不好，啪地一下摔倒了
我赶紧下车，跑过去，扶起她
我说：奶你是要回家嘛
我奶说：娃儿你咋不去上学呢
我说：你动动胳膊
我奶动动胳膊
我说：你动动腿
我奶动动腿

我把我奶抱起来
感觉她似乎很轻
但我记得她一直很富态

我把我奶抱起来
我记得我奶一直对我不好
不疼我 不爱我

我把我奶抱起来
跨过那小段坑洼的路
放下时居然有点不舍

我说：你感觉哪里不好
我奶说：哪都好着呢
我从裤兜里掏出一百元放到她手里
我说：给你一百元，想吃啥点心就自己去买
我奶说：好娃儿赶紧去上学
我说：你走慢慢，不要着急

我给我爸打电话：
爸，我昨晚梦见我奶，二十多年头一回
我爸说：哦
这两天我去给烧点纸

画一首诗／卫东青／忒色西安品牌创始人

2月14日

今天我在浪漫的法兰西
今天我在蜿蜒的塞纳河
今天你在飞往越南河内的云层之上
阳光攀爬了很久很久
照进玄窗
它们轻抚你的额头、你的脸颊
还有你微微眯着的眼睛
亲爱的，那是我
你微笑了
你是知道的
桑内斯教堂的钟声传到很远很远
经过小镇、经过农田、经过凯旋门和罗浮宫
而我只想在你耳边轻语
爱你，始终如一

桑内斯的风

桑内斯的风吹着哨子
把我的长发凌乱
橱窗外的男人缩着脖子叼着烟卷
不时探头去看街角拐弯处
教堂的钟声总是很准时
惊起两只五只灰色的鸽子
它们的翅膀掠过彩色玻璃
栖在路边高高的树上
那些树都有圆的冠
像极了巨大的棒棒糖

系长围巾的女孩牵着黑色的大狗
走过对面巷子里那群唱歌的孩子们
走过斜倚在墙上的红色脚踏车
走过小书店和理发馆
对了，那些店铺的门
应该是坚硬的榉木或橡木
上面好看的金属门环
也只有风才可以叩响那时光
窗户被漆上了白色
也只有风才可以留下些印记

房顶的烟囱很温暖
墙头的青苔很友善
它们用法语和我打着招呼
古灵精怪的风趁我举手回应时
钻进我白色帽衫
它是在挽留我吗
如果是
我愿意在这里做一位流浪的画家 或者
一贫如洗的诗人
面带微笑和桑内斯的风吟唱
你丢弃的
生活原本的模样

画一首诗 / 焦 耳 / 平面设计师 民谣歌手

最后的70天

这里有你的麦田
这里有你的坟墓
这里有你的瓦兹河畔
这里有你孤单的柠檬黄

许多年后，我在这里
低头落寞
树杈上的乌鸦也低头落寞
患病的从来不是你
这世界直到现在亦不明白

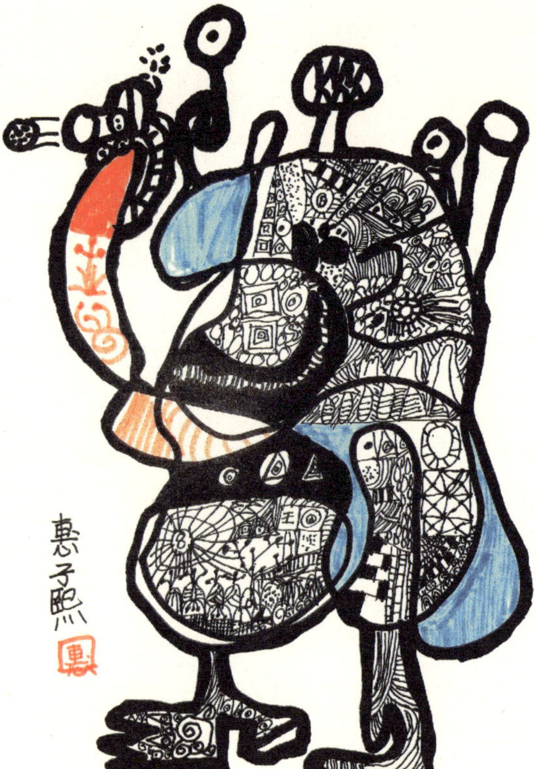

画一首诗／惠子熙／小学生

老师在批评你

因为作业完成的不工整
老师在批评你
你低着头
双手搓弄着衣角
哎呀
手背上用圆珠笔画的那些画儿
肯定又被老师发现了
没事没事
你一定要笑
虽然倒霉的事总是一个接一个
可成长它
本就是这样
前一秒它给你快乐
后一秒它就给你苦恼
亲爱的
一定要笑
现在的快乐将来还是快乐
现在的苦恼将来也会是快乐
来
给我的手腕上
也画一只手表吧
让时间就停在那里
看我们走远

画一首诗 / 陈东森 / 张小盒品牌创始人

妈妈说这是你的最后一个儿童节

你画的天空
不再出现很多星星
不再出现戴墨镜的太阳

你看着那圆圈
不再说那是猫的眼睛
不再说那是最大最大的幸福

天空灰蓝无云
远处有只展翅的鸟儿
那圆圈就是个数字么
还能是个什么

你就要推开这厚重的大门
那门后的丛林里
藏着怪兽 藏着毒草莓
藏着笑起来很好看的美女蛇

不要急慢慢来
一步一个脚印走
这可真不是闹着玩儿呢

期末家长会（给菜哥）

接到通知
一小时后家长会
瞬间
风萧萧兮易水寒
你看
荆轲还有壮行的酒
你看
荆轲还可击节而歌
你看
我即无图匣亦无匕首
唯有
硬头皮

画一首诗 / 李思成 / 平面设计师

三八快乐

记得那年三八节
我给你买了一束花
并在祝福卡上认认真真写了六个字
亲爱的节日快乐
不对，是七个字
结果你劈头盖脸把我臭骂了一通
你问我是不是嫌弃你了
我说不敢
你说那为啥要过妇女节

那是我这半辈子见过你生的最大的气
之一
之二就是后来有了孩子
你辅导孩子作业时
我似乎可以看到你头上一直在冒火
蓝色的火、红色的火、紫色的火
彩虹一样的火
我立刻就想起那年的三八节

现在大家把这个节唤作女神节
你看一下子罗曼蒂克了
办公室的男孩今天都请假
说是要陪女朋友去逛街
我本来想约你今晚一起烛光晚餐
犹豫了再三
始终不敢

画一首诗 / 田 江 / 山水画家 长安青年美协副主席

羡慕你们的小情人

知道吗
现在我不敢看见别人家的小孩
尤其是小姑娘
尤其是有着小酒窝的小姑娘
知道吗
会挪不动脚的
会变成一棵树的
别人一定是把我当成坏人
长头发，小胡子
眼睛亮闪闪
他们会立刻抱着小孩起身就走
边走边回头看我有没有跟上

上辈子我是出家人吗
上辈子我是南山上的云吗
一直飘荡 一直落魄
一直孤家寡人

画一首诗／斯若特／法国版画艺术家

结婚纪念日

你还没有彻底讨厌我
我还像原来一样
稀罕你

画一首诗 / 蒋馨逸 / 插画师

告诉自己

告诉自己，爱不求回报
告诉自己，爱不寻结果
草丛里那只夜虫，它一直都在唱歌

告诉自己，爱不是英雄
告诉自己，爱不是珍珠
繁花似锦，不要偏离了初衷

告诉自己，爱自然而然
告诉自己，爱没有因果
栅栏边的那朵紫喇叭，已然芬芳

画一首诗 / 陈 晔 / 插画师

给那谁谁谁

不敢挨得太近
我怕会被融化
要是你也融化了
那就坏了
汇流就难分出了彼此

不能挨得太近
你我是河床两岸
东边的一棵胡桃
西边的一棵青梅
爱慕　倾心
波影交融
远眺就好

街上的行人

街上的行人
面无表情
就像凌晨从坟墓里
刚刚爬出来
湿漉漉的
身上还沾着没睡醒的草籽

街上的行人
赤橙黄绿
高矮胖瘦
他们最大的特点
就在眼睛里
没有光泽却又
不怀好意

画一首诗 / 马 诚 / 新疆师范大学 美术学院教授

其实我特别羡慕你

其实我特别羡慕你
站在窗口看楼下的熙攘
其实我特别羡慕你
聚餐结束却迟迟不愿离席
其实我特别羡慕你
在车库停下车子一直发呆
其实我特别羡慕你
双手捂住脸嚎啕大哭
其实我特别羡慕你
满脸堆笑却不知为何而笑
其实我特别羡慕你
走路带风为了活着而活

人家说再等十来天（给PF）

我不想问你
你也不要问我
如果答案都是等待
那么我的等待就会叠加上你的等待
那就太长太深刻
如果答案不同
那么我的等待就会显得孤零零
落魄并且伤感

咱们互相看一眼就好
眼神里不要有东西
就像博物馆门口那一对
石狮子

画一首诗 / 高建群 / 著名作家

无问西东

轻易就会陷入
自己的悲哀
竹杖芒鞋
一意孤行的山水
烟雨迷蒙怎能了无牵挂
行至进退两难处
灯红在左，酒绿在右
心无旁骛
还能否

5月22日在窗前
新雨后　旧依然
南山如玉
月封城
夜行衣　八踏鞵
怀揣金镖
背缚剑
梦中江湖纵
醒来愁如影
千杯酒
万盏灯
喧哗背后无人知

5·22　卫东青的诗　钟镝的字

5月22日在窗前

新雨后
旧依然
南山如玉
月封城

夜行衣
八踏韄
怀揣金镖
背缚剑

梦中江湖纵
醒来愁如影
千杯酒
万盏灯
喧哗背后无人知

秋天的早晨（给菠菜）

送你去学校
二环上车马隆隆
这一路不长不短
你刚好可以吃完一只青橘
这一路不长不短
刚好容得下咱俩的故事
我陪你好奇
我陪你希冀

你陪我两鬓斑白

下午

窗外阳光还行
尤其到了这会儿
棱角已变得温柔
就像那些功成名就的人
眼里多是包容

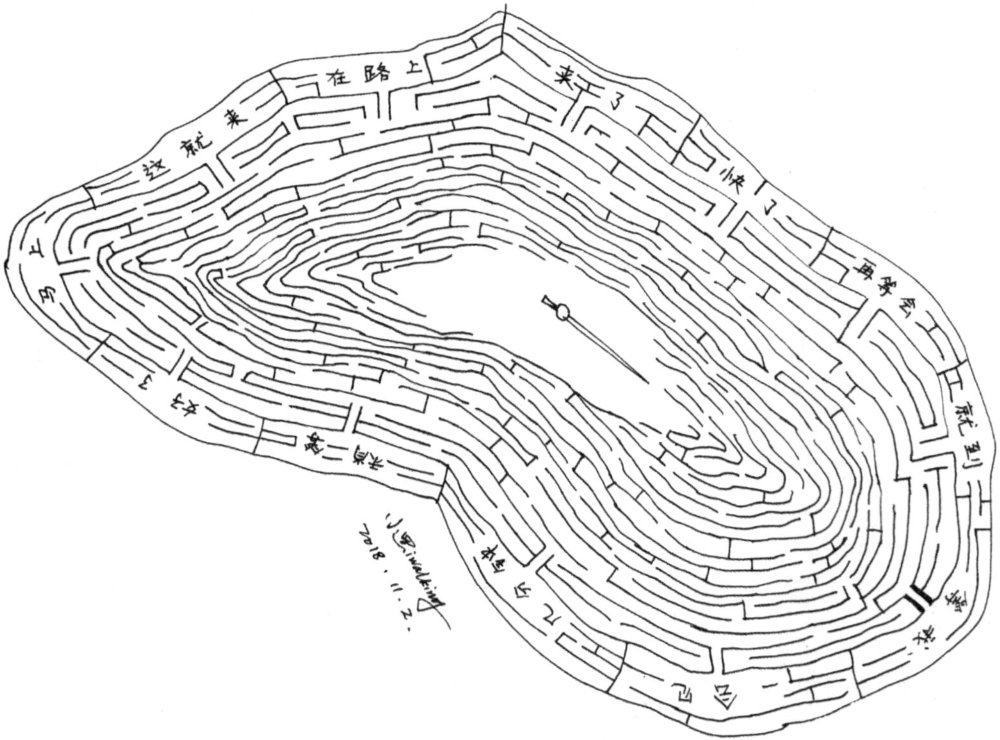
在路上
来了
快了
再等会
就到
这就来
好了
马上
2018.11.2.

时间就像地摊上的塑料项链

这样绝对是犯罪
时间就像地摊上的塑料项链
是的
我把时间过得毫无价值
还自己骗自己
给它染上五颜六色
并把它挂在脖子上

画一首诗/鱼 淼/中学生

特别是越接近时

特别是越接近时
你会觉得越来越远
稍不留神
它就会飘去九天之外
不对 应该是
稍不留神
你就会沉入冰冷深海

心里满是惶恐
因为无法把控
生命中类似的事情
时时都有
但日月还在轮换
美好还要向往

画一首诗 / 卫东青 / 忒色西安品牌创始人

第一天的孤独（给BC）

七月你们去南方旅行
将整个北方留给了我
这个季节昼长夜短
我的孤独
在杀气腾腾的热浪里
像王一般
天暗下来的时节
还好有几缕小风
窗外的那棵树也才刚刚醒来
它伸了伸腰
似乎要对我说些悄悄话了
我就躲在橘色的窗帘后
整个北方
鸦雀无声

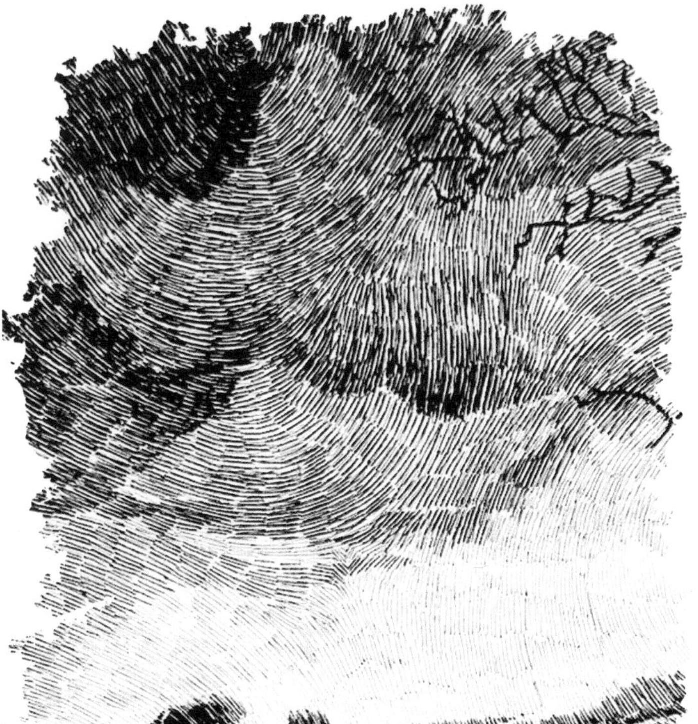

画一首诗／宁　沛／文化公司负责人

第二天的孤独（给BC）

在街道拐角的面馆吃面喝汽水
然后回家
用钥匙开门
我玩了会儿你的双节棍
又研究了一会儿你捏的那些泥人
再拨弄了一下你的吉他
还给阳台上那株巨大的芦荟浇了水
顺便点了枝烟
这种孤独和普通的孤独不一样
和藏在骨子里的孤独也不一样
南方的细雨中你们撑着伞
像朵湿漉漉的蘑菇
你伸手接那凉凉的雨滴
就会接住我的孤独

画一首诗／任朝华／文化公司负责人

第三天的孤独（给BC）

你们电话里说今天要漂流
橘色的橡皮筏子上
你一定会想到鲁滨逊
还有会扔梭镖的食人族
你一定不会怕
并且你一定也会保护好妈妈
浪花飞溅到身上时
不要抿着嘴
要纵情长啸
山谷里的鸟扑棱着翅膀
从灌木丛中飞了起来
嘿嘿
你知道
我就在其中

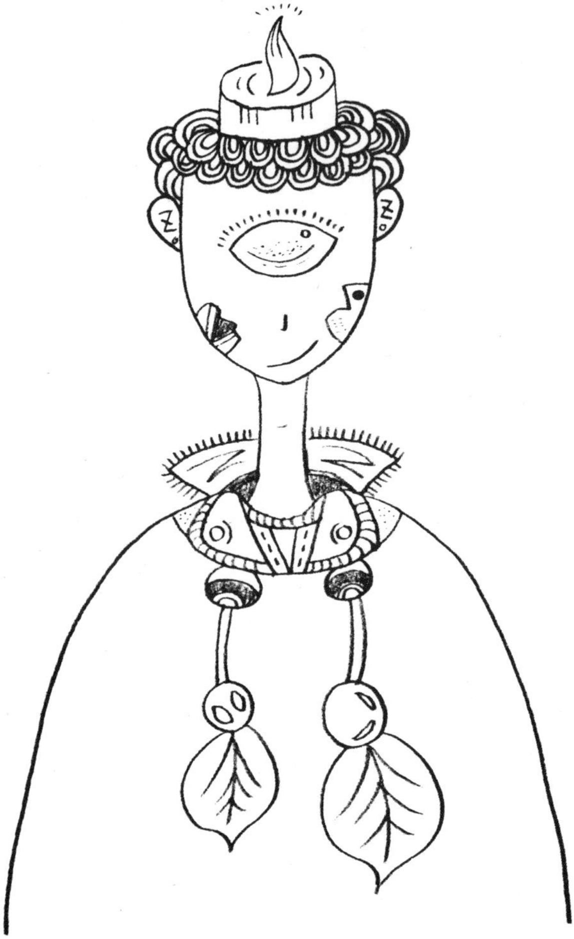

画一首诗 / 朱天瑞 / 平面设计师

第四天的孤独（给BC)

熙熙攘攘的一天过去了
走到街道拐角那家面馆门口时
我犹豫了一会儿要不要吃面
当然你知道
我这没出息的最后还是选择了吃面
其实你们不在身边
吃什么都是一个味
妈妈说今天你们去苗寨了
那一定是不一样的风情
世界那么大
希望你走遍

街道拐角的那家面馆里
我会一直等你

画一首诗/郜立平/国家一级民间工艺美术家

第五天的孤独（给自己和BC）

今天却是在办公室呆坐了一天
这会儿下班了
走在午后炙热的阳光里
害怕得想要蜷起身体
觉得自己没有面目在这人群里
觉得自己是个盗取了自己时间的强盗
把它作践在青天白日无聊的重复中
这该是多么无耻呀
再过一会儿天就黑了
又要上床睡觉了
该死的
似乎诅咒也没有对象了
应该冲个冷水澡
打个激灵赶紧清醒来

今天你们旅行到了哪里
不管走到了哪里
安全第一

画一首诗 / 卫东青 / 忒色西安品牌创始人

第六天的孤独（给BC）

早上在美术馆
好多好多人呢
代你领奖杯证书时就想
要是我们一起来参加双年展
那该有多好
你在台上左右手各举一个奖杯
我在人群中无上荣光
你们的飞机晚点
夜里十二点才会降落国际机场
那时西安城正好灯火通明
你会像大圣归来
熠熠生辉火眼金睛
那五百年孤独
瞬间便会了无踪影

画一首诗 / 王 山 / 西安美术学院设计系教授

我头顶有块乌云

我头顶有块乌云
压得很低
但我伸手却够不着
真的
我照过镜子
它就在我头顶
我踩上凳子
它似乎也就踩上了凳子
不远不近，不高不低
不闪电，不打雷
也不下雨，不说话

我头顶有块乌云
它就这么不离不弃跟着我

画一首诗 / 袁 浩 / 插画师

告别（为菠菜写歌）

告别总伤神
先是秋风凉
那些笑声被吹散
荒草乱影光

告别总寂寥
又到春意暖
那些野花已盛开
招手为再见

告别也黯然
月色霜雪寒
那些足迹悄消融
无言又无语

告别也无奈
阳光洒竹帘
那些斑驳在窗台
如今两鬓间

沉默远方远
孤独长路长
有些年岁失颜色
有些往事不可追

画一首诗/李季媛/美术教师

溪边一块鹅卵石

不欠谁的情
不欠谁的钱
没有和谁合伙做事情

没有做人子
没有做人爹
不曾娶过谁人家的大姑娘

没有诗
没有画
没有发呆假深沉

不会哭
不会笑
不会伤情不迷茫

你为死忧虑
你为生烦忙
你看我不生不死
最干净

画一首诗／刘君涛／平面设计师

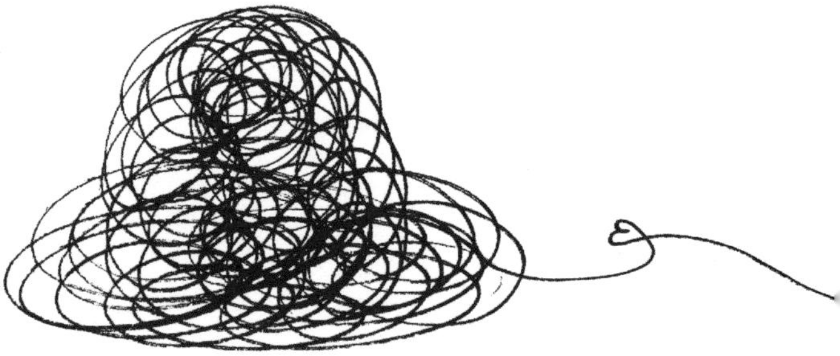

想有人来温暖

阳光在玻璃窗上散尽
冬天的夜总是来得早
这些像诱饵的清冷
偶尔一下子
就钓上了忧伤

想有人来温暖

最好是长发
最好还有一顶毛线帽子
最好修长的手指
刚刚被炭火暖热

环抱着我
抚摸我的耳廓耳垂
悄悄对我说些话儿
最好说些童谣
就这样摇晃着
温柔得像姐姐

一棵银杏和一些梧桐

他们互相认识
所以握手谈笑

他们互相认识
所以隔着我打招呼

他们互相认识
他们和我互不相识
就像窗外的
那些树

画一首诗／曹庆丽／美术教师

一个人在常宁宫的晚上

好久没有邂逅孤独了
记得上次和她撞个满怀
是在西藏的阿里
那时我的痔疮还不太严重
那时我背着30公斤的背包
那时我一个人走在新藏公路上
那时她让我
望着蓝天望着荒野
望着望不到头的路
泪流满面

好久没有邂逅孤独了
好久没有像现在这样沉默了
虽然房间里电视的声音
开到了最大

画一首诗／王家春／西安美术学院党委书记

雨天想起山上的二冬

终是有理由不用巡山
不用眯着眼睛
看树、看花、看虫子了
坐在房檐下剥几瓣新蒜
择一把鲜荠菜
或者就着雨滴写字描画
最好披上那件灰白色的薄夹克
像个仙子

我就不一样
苦大仇深憋屈着
新买的房子西北角总是渗水
又不愿像你
用那只印着工农兵万岁的
白色搪瓷缸
接住整个七月

画一首诗 / 焦　耳 / 平面设计师 民谣歌手

生活的真相

见过一个吃家吃完的螃蟹壳
完完整整
吃的漂亮
留下的壳也漂亮
嗯
我就是那只被摆在盘子里
张牙舞爪的螃蟹
壳

画一首诗 / 卫东青 / 忒色西安品牌创始人

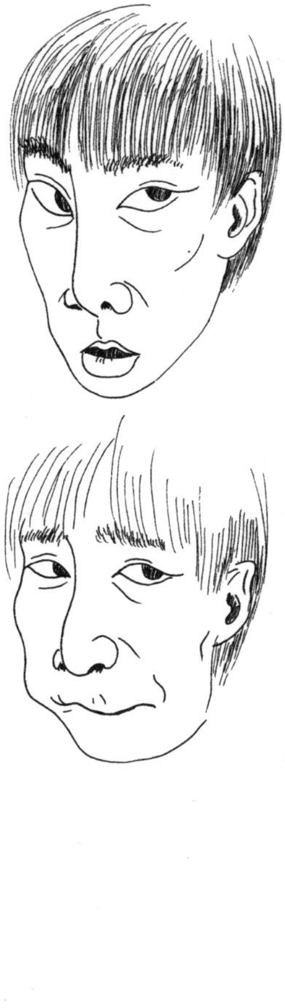

您说怪不怪

您说怪不怪
今天和您通电话
您一唤我小名
眼泪就差点呛出来
您絮絮叨叨问我
最近吃饭好不好
您絮絮叨叨问我
妻子工作顺利吧
您絮絮叨叨问我
孩子作业还那么多吗

您絮絮叨叨问我的
和之前电话里说的一模一样
您说昨晚还梦到我了
小时候最调皮的样子
我笑的很尴尬
因为昨晚我没有梦到您
甚至有一个多月都没有梦到您

年龄越大
似乎对您越客气了
像个远房亲戚
您说怪不怪

今天和您通电话
西安的天气不是特别好
空气里有种莫名呛人的味道

画一首诗 / 刘莎妮 / 大学教师

老丈人来小住

老丈人聋了
我问他最近身体好吧
他回答刚吃过饭了
我问他还喝酒不
他说去年就把烟戒掉了
阳光最好的时候
他坐在阳台的藤椅上
规矩得像个害羞的孩子
一动不动
闭着眼睛
我猜他是在和自己
捉迷藏呢

手术

人生识字忧患始，这句话绝对没错。三十多年前，我大概能认识两千来个汉字了，这两千左右汉字已经可以让我阅读大量连环画和书籍了……但我爸妈是不允许我读这些闲书的，他们盯着我背诵语文书上的“墙角数枝梅”，他们盯着我算100以内的加减乘除。可这些东西怎能比《西游记》《隋唐演义》《说岳全传》有意思啊，于是我借口上厕所，怀里揣着《女儿国》《借东风》《四猛八大锤》《枪挑小梁王》……躲在厕所里，一蹲就是大半天，直到两腿发木，直不起身。

日月轮转，春华秋实，三十多年如一日，我将这个习惯变成了自然现象。好多书读过也就忘了，但这个习惯就像关中人吃饭要蹲，我只要蹲就得读书。有时候出差忘带书，也会捧着酒店的火柴盒蹲在马桶上，一遍一遍念着火柴盒上的字，某某酒店、地址、电话，甚至还要试着拼读一下上面的英文字母。到底是为了读书而蹲，还是为了蹲而读书，已经无法找到头绪了，也懒得找了。这个行为带给我的并不是学富五车，而是内痔、外痔、混合痔。

得了痔疮是痛苦的，它就像一个你厌恶到极致而又非常爱吃醋的女人，它黏着你、缠着你、绕着你、巴着你、蹂躏着你，它一刻不停歇，散着头发皱着眉，翻着白眼撒着泼。你喝二两小酒，它翻脸；你尝个农家小炒，它翻脸；你晚睡一会，它翻脸；你抽支烟，它翻脸；你激情运动，它翻脸；你静如处子，它翻脸……总之，它就是想要你的命；总之，它就是不能看到你快活。

一段时间，我一直想着如何除掉它。后来又听到有“十男九痔”这么个说法，于是又打消了念头。毕竟自己是个真男人，除了它岂不成了那十分之一了，这十分之一肯定不会是杠杠的男人了。可痛苦它总如影相随，让人苦不堪言。为此我也和大江南北的痔友们有过多次交流。其中有一位关中豪侠让我印象深刻，在酒过三十巡后他直着舌头对我说：“哥们你知道吗，最后我忍无可忍，于是左手拽痔右手执剪，咔嚓……我一下子除掉了那个贱货……”我听得血脉贲张、眼如铜铃，竖着两个大拇指连连称奇。可他随后又垂下头，唉声叹气，他说自己最后被家人送到了医院。醒来时，已经做了手术……他又瞪着眼珠双手按着我的肩说：“兄弟，你千万不要做手术。你不知道，没做手术前我可以和它明着斗，做了手术后它就一直来暗的，它就像一只幽灵，不对，它就像钻进你体内的蚂蚁，你永远都摸不到、找不见它，可它就在那里……它他妈的就不是人！”这豪侠居然抱着我痛哭起来。

做医生的朋友说：“能不做手术就不做，手术是痛苦的，手术后的恢复是痛苦的，恢复后还有百分之三十是会复发的……尽量药物治疗……”我自然是要听我这医生朋友的话，于是在长城内外遍寻偏方，海棠果、槐木瘤……我一密友曾言他有祖传秘方，一般绝不对外人道。只要我敢用，他一定帮我弄到。我附耳倾听，惊出满身大汗，他说：“荒地野坟，寻取百年以上腐朽棺木一块带回家，月圆夜于股下火烧烟熏，如此往复十数次必好。”我自然未敢，想来即使肉体痛苦去了，也必将精神就此恍惚疯癫了。

前几日，终因舟车劳顿，饮食不洁，导致大出血。人像霜打的茄子，萎靡不振了。被同事架去医院，医生连连责骂，说了一大堆专业术语，大意是我的血红蛋白只剩百分之三十了，这是极度危险的，必须住院输血。医生说要亡羊补牢，医生说要输血也要止血，不能上面输进下面流出……我突然想起小时候学的一道数学题，水池里一个管子每小时往里注水多少，一个管子每小时往外流水多少，问多长时间池子可注满水？我一直认为这道题狗屁不通，对生活没有任何用处，没想到，这道题一直在这里等着我。

我终是做了手术。我按时吃着医生开的各种药片、胶囊、口服液；我按时吃饭、洗脚、睡觉、做梦；我不寻花问柳，我不海吃山喝；我尽量不计较得失，我尽量不悲天悯人，我尽量不义愤填膺，我尽量安分守己，我尽量蔑视权贵，我尽量读书写字……我尽量不让它复发，老死不相往来。

画一首诗 / 卫子为 / 中学生

这个医院看起来很好吃

和所有中国人一样
希望这里有熟人
当然我的朋友
在西安这家牛逼的医院里
是最牛逼的主任医生

必须要说明
我找他
不是为了挂号插队
不是为了节省诊治费用

必须要说明
他陪着我
这里所有的医生护士清洁保安
他们会像人一样对待我

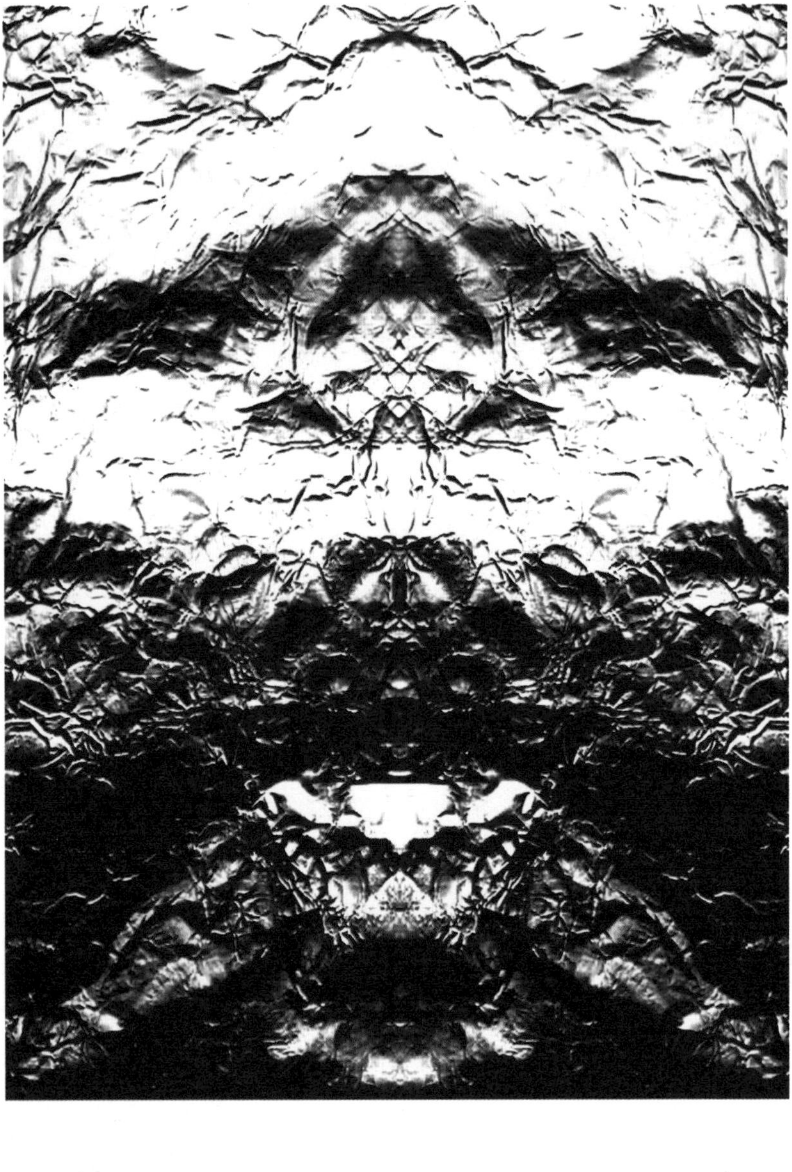

你说，上辈子我该有多坏啊

你说，上辈子我该有多坏啊
欺男霸女，辱师灭祖
颠倒黑白，卖国求荣
你说，上辈子我该有多坏啊
才让这痔疮折磨着我
辗转反侧，坐卧不宁

画一首诗／卫东青／忒色西安品牌创始人

小樵

小樵陪我在医院过夜
小樵陪我在安全通道抽烟
小樵陪我趴在窗口
看北郊的夜晚
小樵真好
我有个馒头一定分他一半
我的痔疮
绝不分给他

嘿，睡不着

睡不着
身体里有两个小孩
不对
是三个
是三个小男孩
他们沉默着
不停地踢着
脚上的鞋子
鞋子上印着月亮
印着长颈鹿
长颈鹿的眼睛好大

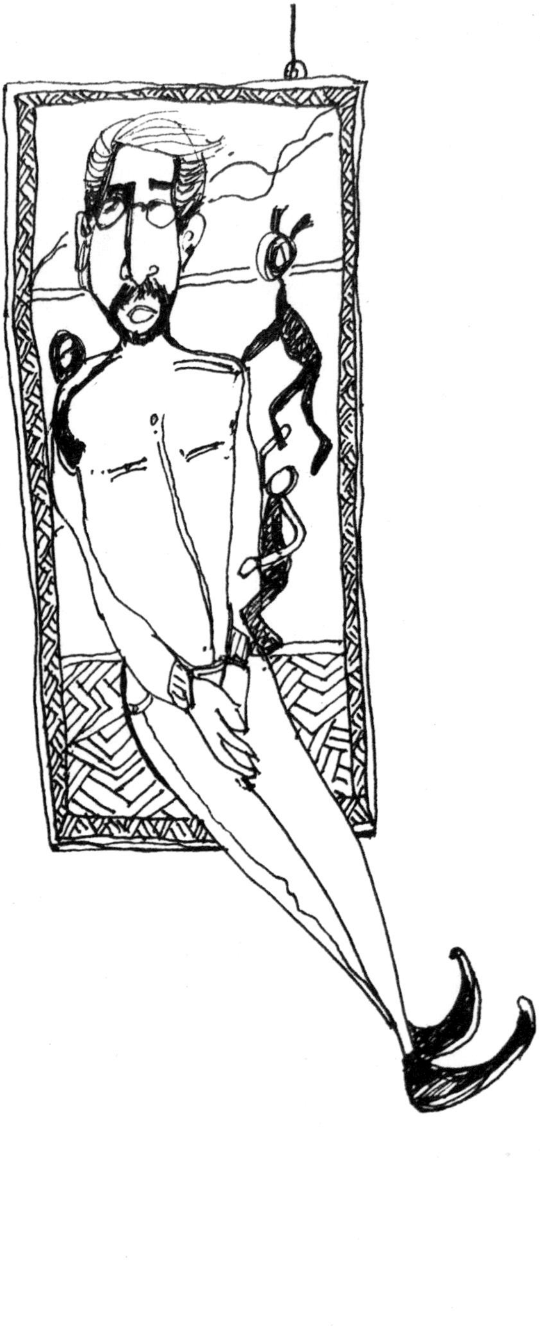

小孩子么都这样

你们都不要来
虽然内心里想有人陪
但你们都不要来
这是很小很小的手术
就像小时候我摔破了膝盖
抹把家乡的黄土吹口气
就蹦蹦跳跳了

你们都不要来
虽然心里多少有点害怕
呵呵 小孩子么
都这样
不是吗

画一首诗／王家春／著名哲理中国画画家

洗肠后

我抬头挺胸
根本就控制不住自己
嘴角的笑像花儿一样
它们从发间脖颈缓缓抚过
我有理由得意呀

没有天堂
也没有地狱
卫东青内外一致

肠镜后

我胡乱整理了一下头发
在外面坐了很长时间
脑子一片空白
恨恨地点了枝烟
狠狠地让它过肠

画一首诗／徐慧文／中学生

输血

做了一连串梦
有几个还比较有意思
我伸手去抓
它们一甩尾巴
就没了影踪

明晨手术

终于
我就要被钓上水面
我不甩尾巴
也不鼓嘴张鳃
你不要急
我就躺在案板上
你慢慢切
慢慢切
最好配上一杯红酒

晚安

你知道吗
当我疼得身子蜷缩
双手抖动
感觉自己就要死去时
很可悲
我居然没有了任何信仰
唯一想要的
居然是停止停止
我什么都招

好在我没有活在那个年代
要不
一定是个汉奸叛徒

画一首诗／谢瑞欣／插画师

2017年4月6号，还有一小时十分钟

07:30
术前准备
灌肠
想起小时候过年
村里杀猪

07:50
在楼梯口
抽了两支烟
黄鹤楼
突然想起
李白的诗

08:00
洗脸刷牙
长发束起
病号服的领子竖起
嗅床头的鲜花
阳光从窗外进来
你好世界

画一首诗／巩 辰／平面设计师

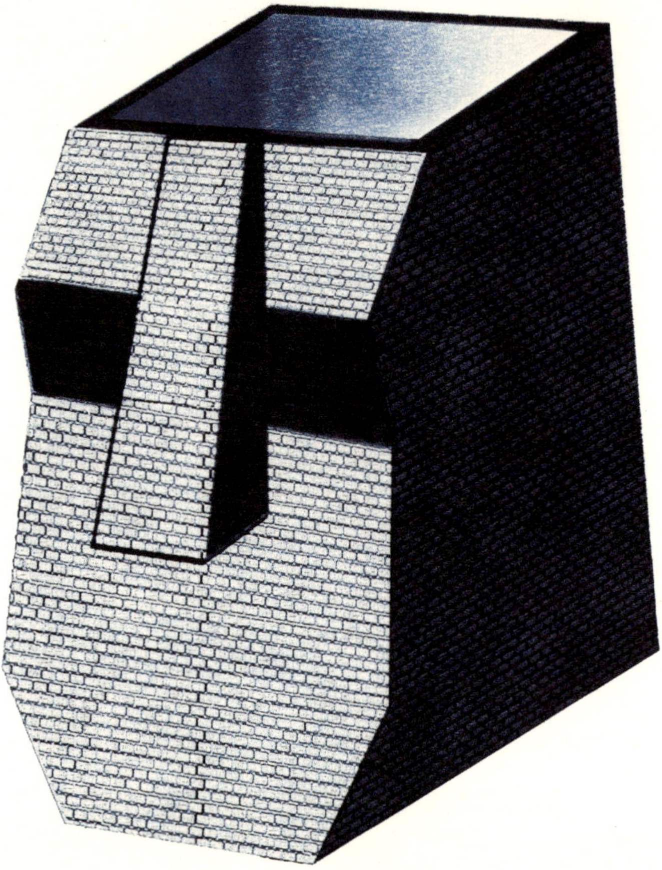

给你们

8点以后
我就不再说话
面无表情
不给世界留下美好
不给世界留下厌恶

画一首诗／卫东青／试色西安品牌创始人

给我最亲爱的人儿

你在外面等我
一定要等我
你不要走
我一会会就出来

你在外面等我
一定要等我
如果觉得无趣了
就看看云
它们有时候真的
很有意思呢

开始

麻醉师站在我身后
冷不丁将针扎进
我的脊椎

然后我四脚朝天
老老实实
就像等待解剖的青蛙

疼

我颤抖 我嚎叫
我颤抖 我嚎叫
整整一晚
声嘶力竭
恨天无环
恨地无把

2018.11.3
Asella
給卫東青

无上

注射了一支杜冷丁
连续吃了七粒止疼片

阡陌纵横
河渠交错

风吹草低
我躺在这里

谁敢跨过

画一首诗 / 卫子为 / 中学生

火车过山洞

我躺着
火箭点火
我趴着
火山爆发
我侧着
长长的火车过山洞

画一首诗／程 勇／美术馆馆长

孤独

还是感觉到孤独
特别是在午间
将睡未睡的档口
暗影像蚁群
贴着地面蔓延开来
我分明感觉到自己
五官扭曲变形
孤独到可憎

画一首诗／李双辰／插画师

echo

今天和自己做游戏
我说开始想念吧
它们便舞着手臂飞跑而至
哎呀 你知道吗
第一个跑到身边抱紧我的想念
不是爸妈 不是菜哥
却是你
我就笑了
有些不好意思

是因为你会做可口的饭菜吗
是因为你会帮我梳头掏耳朵吗
是因为你会抱我并吻我吗
是因为你允许我发脾气
看着我头上冒烟
却一直微笑吗

echo
哎呀 我有些不好意思
你肯定眯着眼笑话我了

画一首诗 / 耿 潇 / 平面设计师

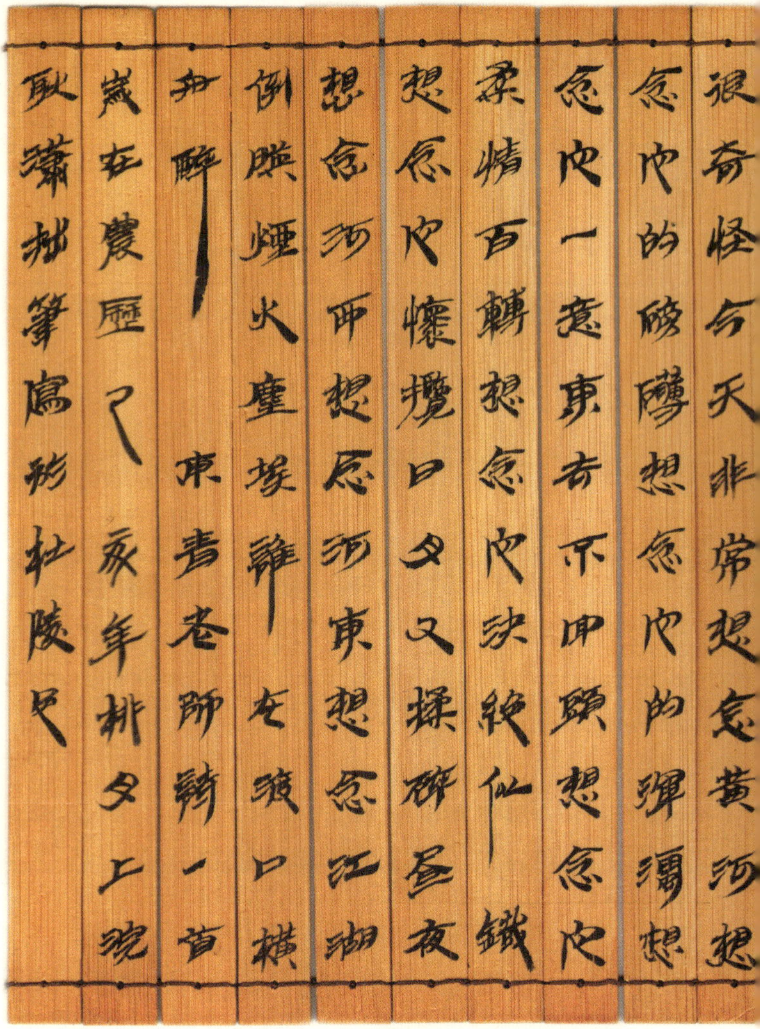

想念

很奇怪，今天非常想念黄河
西安是没有大河的
没有大河流过的地方
似乎都少一些东西
少一些什么呢，也说不上来
第一次去兰州，就喜欢那个地方
第一次去青铜峡，就喜欢那个地方
第一次去若尔盖，就喜欢那个地方

更不用说我出生的地方
鲤鱼跃过的龙门

很奇怪，今天非常想念黄河
想念它的磅礴，想念它的浑浊
想念它一意东去不回头
想念它柔情百转，想念它决绝似铁
想念它怀揽日月又揉碎昼夜
想念河西，想念河东
想念江湖倒映，烟火尘埃
谁在渡口，横舟醉

今晚一直想您

今晚一直想您
慌里慌张又坚定专心
这是久违的感觉
三十多年前曾经有过
那是在一个热闹的集市
想不起来自己被什么吸引
红色的西红柿
紫色的茄子
或者让人流眼泪的洋葱
还是胖乎乎的豆角
回过神
人群中找不到了您

在灞橋唱完酒正是午夜
向西南行恍惚進東門
遇嬌弱女子自稱小紅紗帳
內百般溫柔醒來
渾身香汗淋淋
窗外壹絲青煙月色下
悠悠蕩蕩
喬畫

小红

在灞桥喝完酒
正是午夜
向西南行
恍惚进东门

遇娇弱女子 自称小红
红纱帐内百般温柔
醒来
浑身香汗淋淋
窗外一丝青烟
月色下
悠悠荡荡

老金

老金说他马上过来
带了猪头肉
没放辣子
浇了点香油和米醋
我一直咽
一直咽

从来没有像现在这样
如此迫切地想见到老金

不想看到您

妈妈您坐了地铁
又转了公交来看我
我却不高兴
您看我就是控制不好
自己的情绪
不想您来　您却非要来

您还是那样
紧张左边又紧张右边
您一紧张　我就紧张
然后情绪就不好了
您束着手很为难
我知道
见不到我您担心
见到了我您更担心

妈妈对不起　妈妈对不起
其实我只想您看到我幸福
不愿您看到我痛苦

苏格兰裙子

手术完就开始穿裙子了
我提前就给echo说过
帮我买一条格子裙
就是那种可以让人想起春天的风笛
可以让人想起《勇敢的心》
可以让人想起铁血柔情的苏格兰裙

可echo笑我太矫情
住个院还挑三拣四
她拿来几条自己的裙子让我挑
一条白色亚麻质感的露肩连衣裙
一条蓝色褶皱上面缀个蝴蝶结的公主裙
我说没黑色的吗
她说有条黑皮裙
但得配双长筒渔网袜才好看

画一首诗／丁　蕾／大学教师

和陪护阿姨聊天

和陪护阿姨聊天
分吃一个苹果
她很自豪她的儿子大学毕业
在西安的一家电子企业工作
她很自豪儿子的女朋友
去年考上了公务员
她希望他们早点结婚
她说她把孙子的小鞋小衣服
都做好了
还有红色的小褥子
用的都是新棉花

我笑着听她讲
悄悄分享着她蓬松的幸福

画一首诗／苏 莎／插画师

我的王子

不能让自己睡着
夜短梦长
只怕天亮时
故事还没有进行到
从此他们过上了幸福的生活

画一首诗 / 贺冰凇 / 品牌设计师

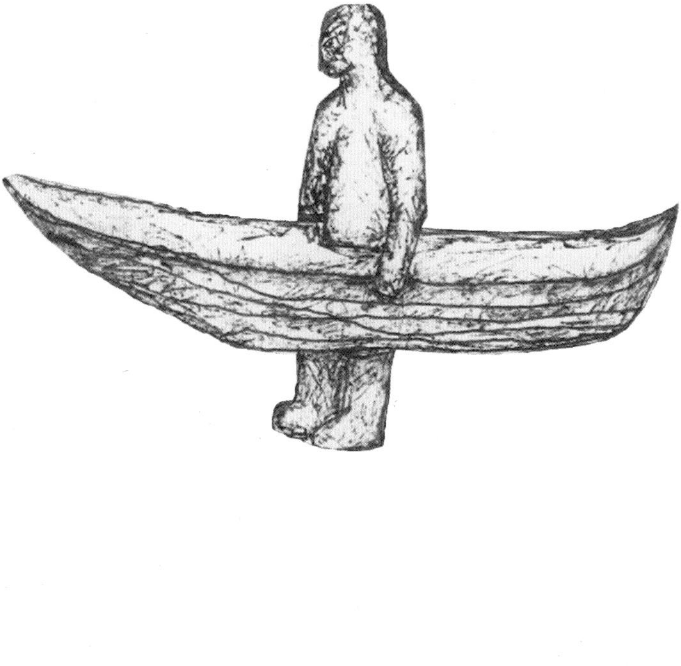

午睡

迷迷糊糊，船行至何处
密林藤蔓捕获阳光
漏网的斑驳 随我
荡漾
这条河27年未变
岸边一个嬉笑的长发少年
像极了27年前的我
他使劲招手，使劲晃动
使劲拽长，拽长
拽长我的胳膊

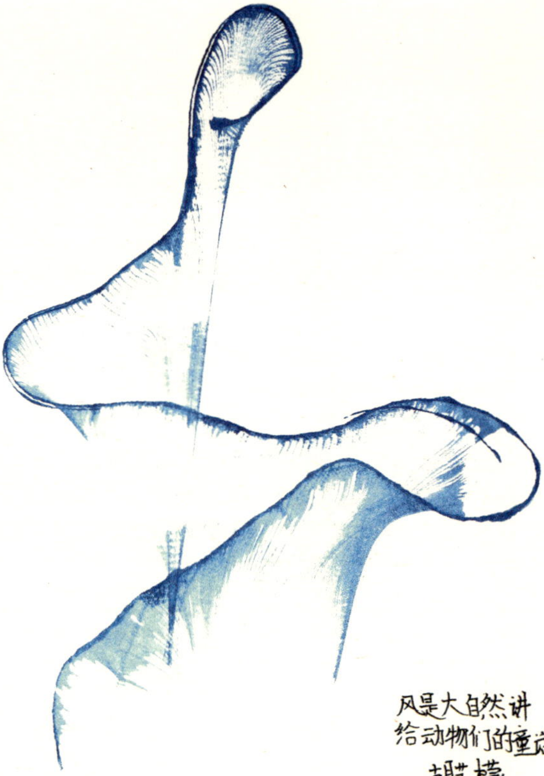

风是大自然讲
给动物们的童话
胡艺檬
2018.11.3

风

风从窗外进来
先停留在窗台的百合上
然后又落在我身上
蹦跳着

我侧个身子
它就飞起来
我还没有痊愈
所以不能去追
看着它粉嘟嘟
飞出窗外

画一首诗／摘选自《西藏十五日》插画

我想将来

我想 将来
echo和我会找一家
很老很老的书店
我们在旁边开一间
很小很小的花坊
我们只有三种花
白色的百合 黄色的太阳花
还有紫色的薰衣草

白百合只送给爱情
太阳花只送给健康
薰衣草么
就送给梦想
当然你可以将它们一起
送给同一人
呀
那这个人一定是你
最爱最爱的人

阿翔

墙角看到一坨翔
姿态饱满一气呵成
不管它的主人
是人不是人
我
嫉妒

不喜欢

不喜欢玫瑰
也不喜欢海胆
不喜欢豪猪
不喜欢刺猬
不喜欢仙人掌
不喜欢高老庄
不喜欢马桶
哪怕它是纯金镶钻

画一首诗／王家春／著名哲理中国画画家

还是读弘一的书

这时节　还是
读弘一大师的书最好
四季只读秋天
不萧瑟 不喧嚣
一人一叶一片云

画一首诗／谢瑞欣／插画师

疼痛

疼痛总是随夜一起来
悄悄潜入身体
我有一粒止痛片
就放在枕边
护士说它只能将疼痛关进笼子
六个小时
我皱着眉不停吸气
等到浑身大汗时
我再将疼痛关进笼子
那时应该刚好是零点整
等它挣脱笼子时
太阳就出来了

午睡

中午换了新床单
睡了三个小时
梦做的也好
路边的车前子
和白色的野花
凑在一起交头接耳
笑盈盈地说了些我的秘密
风很清 路很长
一直绕到山后
绕到云朵上

画一首诗 / 陈 晔 / 插画师

一二三

一

我总觉得
你们把我忘了
就像小时候的玻璃球

二

这世界
没有我的参与
为何地铁一号线还是分毫不差
首班六点零三分发车

三

我的被褥长草
我的身体长草
在春天

画一首诗 / 王嘉丹 / 平面设计师

你来看我

你说想我了
整个病房就亮了
金光灿灿
你对我的裙子很好奇
总想趁我不备掀开来
家里有个齐天大圣的布偶
你也总是掀开它的虎皮裙
我知道你在疑惑
大圣的尾巴
它藏在什么地方

画一首诗 / 二冬 / 作家 画家

春梦

晚上8点20分就上床了
事实上我一整天都在床上
看墙
除了去卫生间的
偶然和必然
翻个身我趴在床上
随风潜入夜的
最好是一首写你的诗

画一首诗 / 摘选自《日光之城》插画

在病房里

在病房里
好像度过了整个春天
错过了细雨
错过了花开

今天阴雨

清晨有些灰暗
毛毛细雨像纱一样
世界疼不起来
也悲不起来
于是忧伤了起来

今天可以出院了

孙大夫带着十几个医生查房
我正在读《镜花缘》
她撩开我的裙子看了看
然后笑着说
今天可以出院了
你知道我的屁股瞬间不疼了
你知道我突然健步如飞了
你知道我突然可以飞檐走壁了
你知道我突然可以使出那招旋风踢了
你知道我突然有点
不舍得了

画一首诗 / 朱天瑞 / 平面设计师

过一会儿就回家

陪护阿姨帮我收拾东西
换洗衣服装进一个袋子
中药西药装进一个袋子
病历单据装进一个袋子
我的书装进一个袋子
然后又把这些小袋子
统一装进一个大袋子
她一边收拾一边给我说些
回家后的注意事项
我笑着
像窗台上的花
像窗外的云
这是住院十几天自己天天盼着的
为何此刻心里却满是
伤感

画一首诗 / 李季媛 / 插画师

这是我孝敬您的

我多给您一个红包
里面有一些红色的人民币
您红了脸坚决不要
眼睛里都急出了泪花
让我有些尴尬
其实我也没想好
这些钱是什么意思
或许只是因为在某个瞬间
觉得您
可像可像我的妈妈

画一首诗 / 刘维祥 / 平面设计师

再见，张阿姨

风吹着
我们走出医院
或许我们就此
再也不会见面了

在招手的瞬间
我硬了心肠
为了少一些牵挂
没有记下电话号码

我抱了抱您
就像抱我的妈妈
我不希望您一直辛苦
又想祝愿您快快找到下一个
需要护理的病人

萨满

第一个坐在我旁边的是“老查”，我不知道他的姓名，老查是我给他起的名字。他和我喝茶聊天，看起来很年轻但又满脸胡子，眼睛小小的，长发蓬乱而卷，很友善的样子。我说：“你长的很像只身打马过草原的海子，我就叫你老查吧！”他说：“好！”咧开嘴就笑，露出他的大白牙。他说他要去尼泊尔旅行，在等签证……他也确实似乎是个行走的诗人，和我聊海子、顾城、泰戈尔、荷马还有匈牙利诗人裴多菲……

第二个坐在我对面的是江西的煤煤，皮肤干黑，我不知道是不是这个“煤”字，但我确定不是“美”字。他不太说话，不停地吸烟，是那种很使劲地吸，似乎要把这世界都吸进肺里一样。他告诉我一会儿准备去买几件旧家具，来拉萨已经两年了，房子里除了一张床什么也没有。他皱着眉，很使劲地把吸进去的烟吐出来，似乎很想把那些烟雾吐成一条直线，但那烟雾很快就弥漫在他颧骨突出的脸颊上。他说：“本来打算明年就回去呢，早上老婆打电话说没什么可商量的，必须离婚。妈的，本来就吃冰棍、拉冰棍——没话。确定要离婚了，老子就不走了。”他在我对面坐了二三十分钟，然后就起身离开了。

第三个坐在我旁边的是个姑娘，戴着一顶棒球帽，帽檐压得很低，看不清脸。她要了壶甜茶安静地喝着，一会儿拿出一个银质的吊坠和一团细麻绳，编一个挂件。我说：“用丝线来编不更好吗？”她抬头看我笑了笑，又低头继续她的编织，但这次她哼起了歌儿，是赵雷的那首《成都》。我说：“你也喜欢赵雷呀！”她抬起头，光线不好，还是无法看清她的脸。她说：“是呀！你也喜欢？”我说：“嗯，我儿子喜欢，整天在家抱着吉他弹唱的就是这首歌。”她就笑了起来：“你孩子几岁呀？”“12岁，他的梦想就是成为一个原创民谣歌手！”我笑着说。她又低下头一边忙活着一边说：

“没想到雷子会有这么小的粉丝，嗯，你要鼓励他好好唱，只要坚持，他一定会成为优秀的民谣歌手。他叫什么名字呀？”我说：“菠菜！你呢？你叫什么名字？”她又抬头笑着说：“阿刁！”

第四个坐在我对面的是湖南的老刘，戴着黑框眼镜，留着两撇小胡子，很深邃，话也不多。他说来西藏已经十多年了，藏南的小城镇、藏北的无人区都待过。他问我来拉萨是旅行还是采风，我说采风。他说那你就不该秋天来，冬天来多好。秋天不好，秋天是离别的季节，好多人会在这个季节离开西藏，我在这里就是等几个朋友，他们都是这几天要走，或许这辈子就再也不会遇见了……

那个下午，我在甜茶馆遇到好多人，他们和我喝茶聊天，说些无关痛痒的话……我给他们写了一首诗，名字叫《你走不送，你来不迎》，也无所谓他们能否看到。

秋天你们离开 / 我在喜鹊阁二楼，煮一壶甜茶 / 大昭寺一圈2700步 / 哪一步是来，哪一步是去 / 煨桑炉的松枝还没燃尽 / 拉萨的冬天不会漫长 // 墙头的格桑花芬芳 / 我在喜鹊阁二楼，煮一壶甜茶 / 窗外十万名喇嘛诵经 / 金刚铃光明，风马旗向东 / 谁揭开布帘 / 和阳光一起进来。

《西藏十五日》后记里我写道：“很多地方一辈子去一次就好了，也就找不到再去的理由了。但总有那么些地方，去了一次，就老想着再去，因为总觉得在那个地方丢了什么，所以总想再去找回丢掉的东西……”我说自己丢掉的东西是孤独，现在想想似乎有些矫情，仔细想来，应该是自己不舍那一份有些牵绊的洒脱吧。

两年后，我们创作完成并出版了拉萨手绘图《日光之城》。我们绘写了拉萨的每一栋建筑、每一座寺庙、每一棵树、每一朵云……

画一首诗 / 李季嫒 / 插画师

你走不送 你来不迎

秋天你们离开
我在喜鹊阁二楼
煮一壶甜茶
大昭寺一圈2700步
哪一步是来，哪一步是去
煨桑炉的松枝还没燃尽
拉萨的冬天不会漫长

墙头的格桑花芬芳
我在喜鹊阁二楼
煮一壶甜茶
窗外十万名喇嘛诵经
金刚铃光明，风马旗向东
谁揭开布帘
和阳光一起进来

那金刚

我有九头牛的力气
抻不直是非
我有无数只眼睛
辨不清黑白
我有那七窍玲珑心
却思不明道不清
这十万八千佛
诵的什么经
念的什么咒
却说天凉好个秋

画一首诗 / 李 阔 / 艺术学院讲师 平面设计师

乌金磬

我匆匆又急急
急急又匆匆
不饮不食
足不着地
行如风 心似雷
恨不能
这一步十万八千里

端在你座前
恍惚如放生池中鱼
前世的因 今世的果
莫问是劫是缘

画一首诗 / 摘选自《日光之城》插画

绿度母

莲花座前
酥油灯长明
弟子放浪形骸
有贪嗔痴
昨日怨天尤人
今日喜形于色
浮世千重变
罗刹本是我
痛极癫狂
喜极而泣
弟子羞于启齿
心向极乐
默念心咒十万遍
你颔首不语
又万语千言
大慈大悲

画一首诗 / 樵军龙 / 文创品牌负责人

我们约在黄昏后

黄昏时
西天的云彩金黄一片
多久没见面了
这城市的高度总压得人喘不过气来
不停地穿梭
不停地穿梭
还是无法修补俗世中的漏洞和缺憾

你还是那样吧
微笑着安静着超然着
我在后门等你
等你将这天下所有的祈福祈愿祈求
在香火中合十于掌心
然后念声阿弥陀佛

从莲花座上起身
我在后门等你
今晚的桂花酒
却是藏了好多年呢

画一首诗 / 田　江 / 山水画家　长安青年美协副主席

昨晚又梦到你

昨晚又梦到你
还是那样抿着嘴
我局促不安又激动得不得了
从前跑到后
从后跑到前
从左跑到右
又从右跑到左
就是不敢
不敢站在你面前

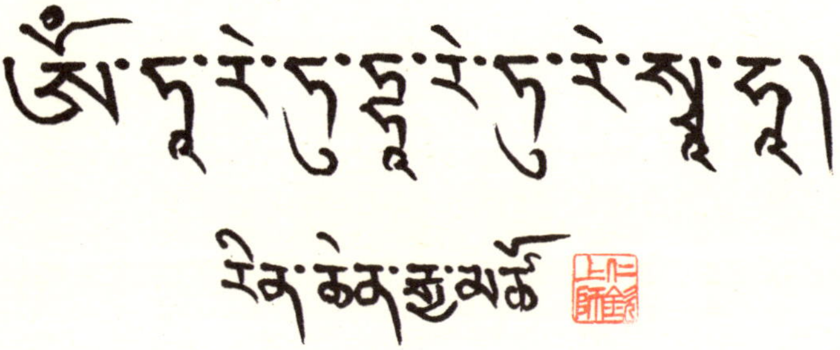
ཨོཾ་ཏཱ་རེ་ཏུཏྟཱ་རེ་ཏུ་རེ་སྭཱ་ཧཱ།
རིན་ཆེན་རྒྱ་མཚོ

9月，我来看你了

我来看你了
她冉
一千四百六十个日夜前
我在你座下泪流不止
以为那一别
此生再也无缘
你还在笑我么
她冉
一千四百六十个日夜后
我站在殿门外不敢挪动脚步
哲蚌寺的经幡依旧
你可还是初见时

三月十五日来看你

今天来看你
吹着小小的风
你知道世间有太多不易
特别是在孤单寂寞时
别人总容易走近
有时候
我们以为那是爱
有时候
我们甘愿舍弃一切去追随

可是爱呀
怎会那么容易
可是爱呀
只应有因不苛求果啊

今天来看你
吹着小小的风
你还是那样微笑着
干干净净
不要说爱你
不要说爱我
让它待在心里
安安静静
吹着小小的风

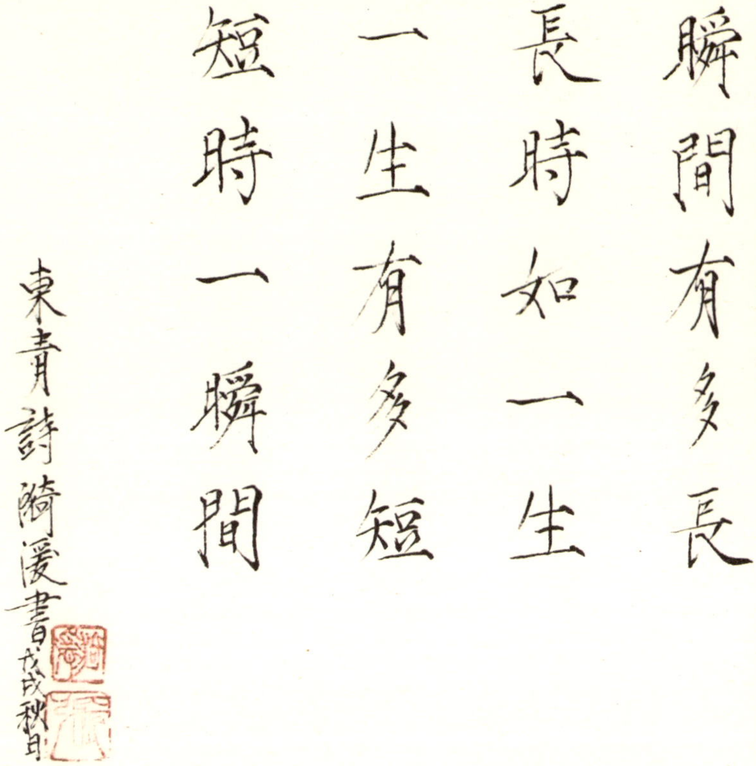

画一首诗／张漪溪／秦绣大师 一级工艺美术师

空折枝

菩提树结什么果
当然结因果
无花果开什么花
自然无花开
瞬间有多长
长时如一生
一生有多短
短时一瞬间

空折枝
菩提樹結什麼果
當然結因果
無花果開什麼花
當然無花開

短暂失忆

中午喝醉了
醒来时不知阳光躲到了哪里
窗外风马招展
入愁肠的
不一定是青稞酒

画一首诗／卢鹏飞／西安美术学院设计系硕士研究生

在拉萨的阳光里

在拉萨的阳光里
就像在阿妈的怀里
不由就任性起来
早晨降生
中午萨满
至于黄昏
同去拉萨河沐浴

在拉萨的阳光里
就像在阿妈的怀里
我如释迦牟尼一样端坐
佛光普照

画一首诗／摘选自《西藏十五日》插画

拉萨第四天

继续吸氧
继续吃药
继续关节酸痛
继续眼睛肿胀
继续蹲在路边吐着舌头
像一只藏獒

今夜走在拉萨的小巷

今夜走在小巷
走在我的百转千回
圆月升在东山顶
星辰洒满拉萨河
无法入眠的风马
在九月的长安
栖落你的额头

画一首诗 / 摘选自《日光之城》插画

拉萨街头的卓玛

你浅浅一笑
天空的云白得像糖
高原上反应迟钝
当我要学你莞尔一笑时
两朵云已擦肩而过

画一首诗／摘选自《日光之城》插画

送旦增措姆回家的路上

旦增措姆拉着我的手
笑得像格桑花
阿嘎今天编的金刚结
卖完了
那是明天的早餐
那是你新的练习册

旦增措姆
你让我看你的语文作业
你让我看你新得的奖状
你伸开双臂转个身子
让我看雪顿节时阿嘎给你做的藏袍
你让我看你画的阿爸阿妈
他们英俊潇洒 温柔贤良
虽然你从没见过他们
但我知道你画得很像

旦增措姆
让我抱着你
夜晚拉萨的街头
你是我的掌上明珠

画一首诗 / 摘选自《西藏十五日》插画

想你想得有些痛苦

Lhasa
想你想得有些痛苦
团团乱转
看电影、听音乐、喝酒、做饭
或者假装有个情人

Lhasa
想你想得有些痛苦
那么高那么高
我仰着头踮着脚，伸开手臂
又双手合什

Lhasa
你可不可以
在夜里，在我睡着时
俯下身从窗外看我一眼
就一眼
就一眼

画一首诗 / 王劍簫 / 经心书院院长 西藏青书协主席

想起秋天来西安的丹巴达杰

第一次离开西藏的喇嘛
新鲜得像一株小葱
即使穿着牛仔裤
还是同秋日阳光一样清冽又温暖

我说了俗世最愚蠢的话
人该如何放下
你不假思索笑着说
全拿起来

第一次离开西藏的喇嘛
孤单得像尘世的王
即使故意翘着二郎腿
还是一眼就能看到清澈和慈悲

我又说了俗世更愚蠢的话
我放下了别人不放怎么办
你不假思索笑着说
那是无明烦恼了

我在冬日想起秋天来西安的丹巴达杰
丹巴达杰在扎什伦布寺心怀众生

画一首诗 / 摘选自《西藏十五日》插画

贺兰山下

贺兰山 贺兰山
今夜我借宿在你脚下
马兰花在十月凋谢
我酒囊空空

贺兰山 贺兰山
今夜我听到战马嘶鸣
金锤铁棘钩镰枪
西夏王散发掣刀

贺兰山 贺兰山
今夜月高风急
今夜平原辽阔
今夜我横刀勒马黄河东去

我沿河溯流

十月的宁夏平原萧瑟
芦花似雪箭簇遍地
柳叶金黄
链子甲披挂整齐

黄河东去 长
单骑西行 远
十月的宁夏天苍野茫
我沿河溯流
青铜峡一夫当关
孤烟凛凛

画一首诗 / 卫东青 / 忒色西安品牌创始人

青铜峡

青铜峡
今夜我们吟唱智慧花开
青铜峡
今夜我们彻夜不眠
青铜峡
今夜有你的坚硬你的温柔
青铜峡
今夜有你的梦想你的失落
青铜峡
今夜有你的辉煌你的贫穷
青铜峡
今夜有你的战友你的死敌
青铜峡
今夜我倾听你的过往
青铜峡
今夜挑灯看剑
我陪你烂醉如泥

画一首诗／梁 了／文创品牌负责人

阿修罗

对面那个人
形消影瘦 愁眉不展
隔着十万里
我亦感同身受
他心中有火
似阿修罗般愤怒
却无九头千眼 九百九十手
须弥山前 日炙月寒
哪有半塘池水
生得莲藕 藏得肉身

对面那个人
婆娑世界里
可不就是我

画一首诗/摘选自《日光之城》插画

金马金马

金马金马安静的马
金马金马渡生的马
风马一样猎猎作响
曼陀罗中
纯金之马

金马金马云层绛红
金马金马梵经缭绕
宁玛神祇护佑众生
格萨尔王
在高原之上

金马金马
我焚香颂经
金马金马
我粮草充盈
金马金马
天狼星召唤
容我起身束发
西南行

画一首诗 / 阿 里 / 平面设计师

车过汶川

车过汶川
在夜里8点
过了座什么山
暂叫无名山
过了条什么河
暂叫无名河
山上起雾
缠绕着潮湿
河有倒影
映着金色光火

车过汶川
在夜里8点
我们沉默不语
没做停留
街道清冷
霓虹划过
绵虒豆腐鱼的招牌迎面闪亮
用手机查了下“虒”字
一种似虎有角的兽

车过汶川
在夜里8点
我点了枝烟
为你们过喉

今夜高反在色达

金马
今夜你飘飘欲仙
中心广场上你鎏金的塑像腾云驾雾
金马
今夜我躺在你的木床上
随你的河流激荡起伏
金马
今夜我融在你黑的苍穹中
就像你飘洒的五色风马
为众生祈福

画一首诗 / 摘选自《日光之城》插画

那些红房子

那些红房子
就那么随意地
搭建在喇荣沟
喇嘛在上 觉姆在下
密密麻麻层层叠叠
如同坛城
在破晓的晨光中恢弘
在入夜的灯火中璀璨

那些红房子
那一片绛红
那是谁的红尘
互不心动或者
日久生情

画一首诗／卫东青／忒色西安品牌创始人

扎尕那（为菠菜写歌）

我为山谷忧伤
我为白马忧伤
天空有飞鸟，还有那细雨
黄昏斜哎草籽白
溪流潺潺，梅朵儿香

我为村庄忧伤
我为炊烟忧伤
斜坡种青稞，还种着寺庙
细月弯哟灯火黄
风马猎猎，雪松啊高

扎尕那呀最美的地方
谁拨动琴弦，谁低声吟唱
扎尕那呀最美的地方
谁想念着你，谁让我忧伤

画一首诗／摘选自《西藏十五日》插画

金刚杵

朋友从西藏带回一枚纯银金刚杵
送我
像一只刚刚栖落的白鹰
他说你要戴着它降妖除魔
大昭寺的诵经声
漫进西安 浸入身体
让耳朵肃穆

很早前我就有一枚造型更凌厉些的
像一头跃跃欲试的雪豹
后来系在一串佛珠上了
偶尔拿出来把玩时
却发现它越来越像一只猫

画一首诗 / 李季媛 / 插画师

想你

过了张掖
过了玉门
过了祁连山
过了塞外明月
过了戈壁流云
过了细雨
过了长风
就是
过不了你

画一首诗 / 黄婉惠 / 清华美院研究生

想你

七月的戈壁
安守本分
库姆塔格沙漠
静如处子
我在敦煌的下午
想起你的笑脸
飞过鸣沙山
飞在天上
倒映在月牙泉里
满是委屈

画一首诗／李 栋／文创设计师

给你

昨晚躺在沙地看星
很久很久
其实并不知道
猎户和仙女有什么不同
其间路过一块调皮的雨
俯下身子亲吻我
闭上眼睛
那微凉是你的手指你的耳垂
你的唇

昨晚躺在沙地看星
只是因为想念你
即使
你就在梦中
即使
你就在身侧

画一首诗 / 刘 曲 / 文创品牌负责人

要是开始想念你

要是开始想念你
塞外的空旷也不够
要是开始想念你
漠北的辽阔也不够
要是开始想念你
七月的雨水也不够
要是开始想念你
落寞的孤烟也不够
要是开始想念你
要是开始想念你
我会像孩子抿着嘴
看那夜空
繁星点点
点点繁星在夜空

画一首诗／卫东青／忒色西安品牌创始人

两个七月

第一个七月路过兰州
想起你
第二个七月路过兰州
想起你
总是觉得兰州像我的情人
总是觉得兰州好远好远
远得像梦
在枕边

画一首诗 / 摘选自《日光之城》插画

下一世，有缘再续

我把你们带到这里
我把你们留在这里
天蓝云白，山高水长
扎什伦布寺里上师诵经
过去未来
雅鲁藏布江边格桑盛开
今世来生

挥手告别，不要跟来
你看我就要年满四十
该放下的也该放下
我把你们带到这里
我把你们留在这里
挥手告别，不要跟来

今天走了很远的路

今天走了很远的路
路上十二头牛吃草
路上七条狗晒太阳
路上一只小羊跟着我
今天走了很远的路

今天走了很远的路
路边青稞黄了一半
路边风马五种颜色
路边河水浩浩又荡荡
今天走了很远的路

今天走了很远的路
想起过两天就要回西安
于是又走了很远的路

画一首诗 / 摘选自《西藏十五日》插画

给贺老师和袁浩兄弟

今夜我在日喀则
扎什伦布寺月光清冽
没有意外
我想起你们
远处传来歌声
明亮又忧伤
应该是祝酒歌
要不
就是送行的歌
今夜我在日喀则
尼色日山下大片的青稞
明早成熟
我们各自安好
不再入梦

画一首诗／卫东青／忒色西安品牌创始人

还有两天满四十

幽居在街角的甜茶馆
像一只年老的猫
阳光透过满是污渍的玻璃窗
落在身上
煮茶的阿迦哼着歌儿
浓郁悠长
像年楚河水
我闭眼做梦小心温和
不羁的风在窗外踮着脚
扮着鬼脸招着手

智慧堂一茶
玲子写之

生日 写给妈妈

8月的最后一天
我把忧伤放在远方
汛期的拉萨河呜咽
千里万里一路向西

8月的最后一天
我把幸福带在身边
布达拉宫霞光似金
谁在高原勒马向东

相距2700公里
痛疼是否会减少
相距2700公里
思念是否会延长
亲爱的，生日快乐

画一首诗 / 黄海龙 / 插画师

九月的第一天

九月的第一天
我要离开
刚刚好
不悲不喜　不急不躁
远方此刻温良如玉
秋色中
不慌不忙　不紧不慢
望那故人归

画一首诗/黄 澍/美术教师

那些孤单

我很确定
山野里那些花儿
准备要开放呢
特别是四月崭新的阳光
湿漉漉地洒在它们身上
我很确定
推开窗子的当下
心里开始了忧伤
阳光下我的影子一动不动
像Cat girl一样安静又本分
像我的诗歌
像那些花儿

画一首诗／王 星／文创设计师

你看我还是愚钝

有时候觉得自己就要想明白了
就差那么一点点一点点
似乎已经看得见些许光亮了
心一急一使劲
它们就像秋风吹落的花瓣
散了一地
你知道要把它们捻在一起
又得经历长时间的苦痛
但又没有更好的法子
我学你不皱眉不顿足
我学你微笑着微眯着
却学不来万念俱寂
立地成佛

A man
whose head
can fly
是的，他有两个世界
人世中勤勉低微，鬼怪里恣意翱翔
Don't give in

最好的告别，就是从未离开

十万八千八百八十章
我只读到七十二
抬手摘片云夹在这里
打会儿瞌睡做会儿梦
醒来时酥油灯下
日月无恙 众生安然

最好的告别，就是从未离开

十万八千八百八十章
我只读到七十二
抬手摘片云夹在这里
打会儿瞌睡做会儿梦
醒来时酥油灯下
日月无恙 众生安然

走了那么远，
我们去寻找一盏灯……

《天堂很近》《900路公交》《画一首诗》《飞头獠》这是我的第四本诗集了，其中两本《天堂很近》《画一首诗》都是没有正式出版的，更像是闹着玩儿呢，其实真不是在玩，其实每一本都很认真。这四本诗集更像是春夏秋冬，我的成长，从18岁到41岁。哎呀，写出这两组数字，自己也会惊讶。

小时候我最想给两个人做儿子，一个是走街串巷卖玉米糖的老王，一个是在镇上开了家小书店主要销售报刊杂志的老张。卖玉米糖的老王倒是真喜欢我，每次买糖时都会多给我一点。有好几次我差点张口就说：老王呀，让我做你儿子吧！开书店的老张戴着金边眼镜，有点凶，总嫌顾客乱翻书，但对我似乎要好些，印象里从没有呵斥过我在书架上东拉西扯。

大约十三四岁吧，我在老张的书店遇见了《顾城的诗》。那是个秋天，姐姐买下了那本封面上印着戴着高高帽子眼睛清亮的诗人的书送我，我和姐姐边走边读：走了那么远，我们去寻找一盏灯……我说：姐姐你嫁给顾城吧！姐姐说他不喜欢顾城，再说顾城比她大好多。后来我又在老张的书店遇到《飞鸟集》《荷马史诗》《神曲》……其实并看不太懂，但老张的书店却愈发神秘起来。就像我研究了很长时间庙里住着的菩萨，她们晚上会不会吃供桌上的橘子，这个问题折磨了我好一阵子。而老张书店里到底藏了多少故事，也一直折磨着我。

16岁时，我在报纸上发表了第一首诗，那应该是我诗歌创作的开始。一晃眼，老张的书店早没了，我也从懵懂走到了世故，诗歌成了我的桃花源“……初极狭，才通人。复行数十步，豁然开朗。土地平旷，屋舍俨然，有良田美池桑竹之属。阡陌交通，鸡犬相闻……”诗歌成了我人生的旅伴……焦头烂额时、灰心丧志时、失魂落魄时，它总会按住我的肩膀说：“不急、别怕！我在！”

《飞头獠》编选的是2014年到现在的创作，它续接着《画一首诗》。排个顺序应该是这样的，《天堂很近》18岁到24岁，《900路公交》24岁到33岁，《画一首诗》33岁到35岁，《飞头獠》35岁到41岁。在我的创作理念里，每一首诗歌都是独立的，每一首诗歌又都只是一滴水，所有的水滴汇聚才会成为溪流江河。

《900路公交》出版发行后，有段时间总是频繁地去书店，不是去买书，是为了把我的诗集从书架最下面的隔档里抽出来，放到最上面的隔档里，因为《顾城的诗》在那里。现在想想觉得自己真是可爱。现在应该不会了吧，或许是不在乎有多少人会读到自己的诗，或许是发现顾城的高度自己终究是不会达到，或许是觉得诗歌给予我的已无需任何证明，或许仅仅只是想把诗歌作为礼物送给我的姐姐，送给我的echo，送给我的菠菜，送给爸爸妈妈。

西安的五月份，已经开始燥热了。我们的手绘作品《唐长安城》和《飞头獠》一前一后出版。突然想起小时候的美术启蒙老师教我写毛笔字"书画同源"，那个"源"字怎么写也写不好……也就是那个时候，家乡小镇街道的拐角处槐叶落了一地，我给姐姐念着：走了那么远 / 我们去寻找一盏灯 / 你说 / 它在一个小站上 / 注视着周围的荒草 / 让列车静静驰过 / 带走温和的记忆……

感谢陕西省作协、文学院各位领导和老师对我的帮助；感恩著名作家叶广芩、陕西师范大学新闻与传播学院院长李震导师对我创作上的指引；感谢全国各地76位老师、朋友为我的诗歌插画，特别感谢耄耋之年的秦绣大师张漪湲老师于我的偏爱；感谢泊唐文化孙留伟先生在本书编校过程中的帮助。感谢我的echo！

卫东青 2019.5.2

泊唐文化 Botang Culture
思想引领思想　文化创造文化

飞头獠

产品经理|向　雳
装帧设计|卫东青 朱天瑞
媒介推广|闫　瑞

出版统筹|孙留伟
内容总监|杨德风
运营总监|高　莉

图书在版编目（CIP）数据

飞头獠 / 卫东青著. — 西安 : 三秦出版社, 2019.6
ISBN 978-7-5518-1958-9

Ⅰ. ①飞… Ⅱ. ①卫… Ⅲ. ①诗集—中国—当代 Ⅳ. ①I227

中国版本图书馆CIP数据核字(2019)第117403号

飞头獠

卫东青 著

责任编辑	何飞燕
出版发行	陕西新华出版传媒集团 三秦出版社
社　　址	西安市雁塔区曲江新区登高路1388号
电　　话	(029) 81205236
邮政编码	710061
印　　刷	西安奇良海德印刷有限公司
开　　本	787mm×1092mm 1/24
印　　张	12
字　　数	225千字
版　　次	2019 年 6 月第 1 版 2019 年 6 月第 1 次印刷
印　　数	1—5000
标准书号	ISBN 978-7-5518-1958-9
定　　价	69.00元

网　　址　http://www.sqcbs.cn

Don't give in

封面题字

钟 镝

封面插画

菠 菜

装帧设计

卫东青 朱天瑞

美术指导

王丽红 雷志中

特邀插画

叶广芩
王家春
高建群
钟 镝
张漪湲
吕重华
黄向东
仁钦上师
王 山
卫子为
焦 耳
陈维军
邰立平
张 妮
陈东森
李季嫒
刘君涛
二 冬
王岩柯
王晨芳
樊嘉瑞
二 乔
王怡璇
惠子熙
李思成
田 江
斯若特
杨晓旸
陈 晔
胡志斌
马 诚
朱天瑞
鱼 淼
徐慧敏
赵 琪
苏 莎
贺冰凇
郗 鑫
任朝华
宁 沛
张育宏
袁 浩
谢瑞欣
徐慧文
巩 辰
王嘉升
李双辰
张 浩
丁 蕾
胡艺檬
耿 潇
小 雪
雷蒙蒙
玲 子
刘维祥
刘莎妮
李 闯
李小洛
梁 了
卢鹏飞
阿 里
黄海龙
程 勇
曹庆丽
李 栋
王剑箫
黄 尉
蒋馨逸
刘 曲
黄婉惠
王 星

上架建议：艺术/诗歌

ISBN 978-7-5518-1958-9

9 787551 819589

定价：69.00元

A [illegible]
[illegible] head
can fly

[illegible]东青 著

[illegible]界

[illegible]